KB120918

우리의 부족한 질투는 누가 채워 주나

시작시인선 0466 우리의 부족한 질투는 누가 채워 주나

1판 1쇄 펴낸날 2023년 4월 21일
지은이 남궁선
펴낸이 이재무
기획위원 김춘식, 유성호, 이형권, 임지연, 홍용희
책임편집 박예솔
편집디자인 민성돈, 김지웅, 정영아
펴낸곳 (주)천년의시작
등록번호 제301-2012-033호
등록일자 2006년 1월 10일
주소 (03132) 서울시 종로구 삼일대로32길 36 운현신화타워 502호
전화 02-723-8668
팩스 02-723-8630
블로그 blog.naver.com/poemsijak
이메일 poemsijak@hanmail.net

ISBN 978-89-6021-707-2 04810
      978-89-6021-069-1 04810(세트)

값 11,000원

*이 시집에 수록된 「병 속의 이야기」「저, 고독하고 어찌할 줄 모르는」「주천강 수력발전소」는
 '예버딩문학의집'에서 창작되었습니다.

*본 도서는 ◯ 인천광역시 와 ◯ 인천문화재단 의 후원을 받아 '2023년 창작지원
 사업'으로 선정되어 발간되었습니다.

우리의 부족한 질투는 누가 채워 주나

남궁선

천년의
시 작

나의 시작이었고 폭군이었고 사랑이었던
아버지, 이제 안녕!

손목에 힘을 빼고 싱잉볼 한번 때려 봅니다
귀 기울이면
그 소리 울려 퍼지고
영원히 끝나지 않을 것처럼 울려 퍼지고
심장에 관절이 생기고 뼈들은 서로를 갉으며
따뜻한 피를 온몸 구석구석
밀어 넣어 줍니다

당신의 차가워진 손끝에 가 닿을 수만 있다면……

차 례

시인의 말

제1부 어떤 소리도 내지 않으려는 고집에 귀 기울이며

제2부 우리의 욕망에는 아름다운 파국이 부족하다

제1부 어떤 소리도 내지 않으려는 고집에 귀 기울이며

편두통

머리카락 한 올 두피를 막 뚫고 올라오는 순간

주목할 만한가?

두피에 짓눌린 머리카락이
드릴의 구조처럼

비틀린 날과 비틀린 각의 운행으로

아주 천천히 뚫고 있는 것이다 딱따구리 숲의 한 그루 나
무처럼
머리카락 속에 손가락을 깊이 파묻고
서서,

당신이 버스 노선표의 다음 정거장을 내가
마지막 정거장을 읽는 것처럼
맞물려

일어나고 있는 것이다, 마른번개를 맞으며 걷고 있는 것이다

감자에 싹이 나서

고구마잎처럼 넓고 고구마 줄기처럼 넝쿨지며 고구마잎
처럼 수수한 채로 고구마잎처럼 따뜻한 당신의 부엌에서 가
장 빛나는 고구마잎처럼

                        *

감자에 싹이 나서 싹이 나서 싹이 나서

잎이 나지 않는다

흉측하고 혐오스러운
싹이 무서운 기세로 허공의 얇고
하얀 막을

뚫는다 갈라진 얼음장의 틈새로 봄이 들이닥치는 것처럼
두 벌의 수저와 의자가 달그락거리는 사이로 침묵이 스
며드는 것처럼, 아침

햇살이
떨어진다 식탁 위에

>

두 개의 감자가 서로를 밀어내는 힘으로 유리그릇 안에 떠 있다

가혹하며 깊고
슬픈 신탁을 받은 뿔의 모습으로 감자의
싹은

*

고구마잎처럼 넓고 고구마 줄기처럼 따뜻하며 고구마잎처럼 수수한 채로 넝쿨지며 퍼져 가는 물관이며 일대기인 당신의 부엌에서 서서히 한 벌의 수저와 빈 의자와 조금 더 깊어진 침묵과 침몰하는 침묵의 외마디 비명인
봄

이해의 왕들

순수해, 투명해, 천방지축, 사랑스러워, 얼마나 부끄러워하는지 당혹스러워하는지, 너는 물이 많은 아이 물가에 내어 놓은 아이 물이 흘러넘치는 그곳에 손을 담가 본다 손가락으로 살살 저어 본다 너는 여전히 소녀 같은, 폭탄 망할 노처녀 색골 주책바가지 가당키나 한가,

가당키나 한가!

첫 번째 가출 끝에 끌려 들어온 새벽

옷 벗어 팬티까지 몽땅! 전형적이야, 골프채 들고 으르렁거리는 꼴이란

팬티는 까발리지 않는 것이 좋겠어요 어쩌면 그렇게 냄새를 잘 맡는 건지, 부모란

그런 거지 그런 거야, 인사는 잘 해야지 당신에게도 당신의 동료들에게도 대화는 겉도는 듯 술자리에서의 유머는 고차원적으로 망할 계집 투명하게 침울하게 천방지축 뱉어 놓은 진담! 망쳐 버렸어 흐르는 물을 엉엉 흐르는 물을 핥아 주고 닦아 준 지가 얼마나 됐다고

비밀 연애, 표정의 고수, 아귀가 딱딱 들어맞는 거짓말, 골프채에 두들겨 맞으며 용서받던 시절은 지나갔다

16

후각 청각 미각 촉각 촉감, 촉감이 부드러워…… 감으로 너의 마음을 키운 건
너의 초보적인 실수 불붙는 애정

거절을 기다린다. 거절과 대결한다. 거절은 네가 먼저 하는 거다.
터진 둑, 폭발하는 생명, 광활한 중국 대륙에서의, 파국,
미래의 차가운 머리를 끌고 와 정중한 어법을 구사해라,
당신에게 연락이 오지 않는다 치밀하게 다각도로 신중하게
감정을 걸러 낸 결심과는 다르게

우리는 이해의 왕들
이미 이해한 이해에 대해 이해를 또 해 보라고 할 수는 없다, 차가운 머리는
수박의 살점으로나 써먹어라! 거절을 흐물흐물하도록 너덜너덜하도록
내버려 두는 싸움터

물가에 내어 놓은 아이 물줄기를 타고 흘러간 손가락 발가락 빈곤하고 무기력한 샘 손가락 발가락 밑천이 드러난

회의의 날들
—「오감도 시 제4호」에 나타난 오기誤記 연구

같이 있어도 불안해 네 다리 위에 내 다리를 포개 놓고 잠
이 든다

회의 중입니다 판본 대조표 본문의 경우 입력 끝 다음 줄
오른쪽 정렬 앗차! '겹화살괄호'(◇) 가급적 참조 앗차! 앗차!
단행본 및 잡지의, 오늘의 경우 너랑 하루 종일 똑같은 걸 먹
었잖아 너는 말하지만

회의하며 진단하며 사랑하며 우리는 서로 다른 날들의 상
처를 떠올린다

판본을 대조하여 최초의 표기를 규정하려 노력하는 것처럼
희미해져 버리고 엇갈려 버려서 시인지 철학인지 낙서인
지 소설인지 종교인지 알 수 없어져 버린 그녀의 신념과 우리
의 사랑은 어떻게 기억될까 미세하게 전혀 다른 지점을 향해
걸어가는 순간들 의아하고 새롭고 온전한 아픔을 느끼려면
시간이 필요하다 높은 계급의 그리스인처럼 게으르고
깊이 있게 아파하렴 다채롭고 까다로운 요구를 그토록 즐
긴다니

어쩐지, 매일매일 되풀이해도 조금씩 틀리는 시 제4호의

진단 (0 · 1), (0₀1), (0.1), (0:1)

날마다 회의 중인 차이들

0과 1 사이를 간섭하던 변덕스럽고 평판이 나쁜 여자는 시에서 버림받을지 모른다는 두려움으로 온몸을 떨며 온통 녹색인 공원 가득히 매미 울음소리를 낸다 순탄하고 무료하게 지내는 사람들을 미약하게 흔드는 계절의 특징 그녀의 오랜 질병

나무 그늘 아래 조용히 앉아 듣기에 어땠는가 보기에 어땠는가 우리가 수행하는 선원에서는 그녀가 본래의 그녀가 아니라니 정말 다행이지만 아, 그녀의 무서운 꿈들과 헤어져 집으로 돌아오는 것은 얼마나 힘든 일인가 감각이 정신으로 바뀌는 것은 얼마나 힘든 일인가

우리의 부족한 질투는 누가 채워 주나
—「오감도 시 제6호」에 나타난 오기誤記 연구

잔등을 둥그렇게 말고 틀린 글자를 찾는 손
숭숭 빠져 버린 머리카락
가늘고 부드러워진 머리카락
빈 정수리에 가 닿는 노란 햇살
심오함이 없는

머리통의 울림이 없는
발성법과 호흡법이 없는
벌써 도통한

평범해질수록 주목받는
연기와 우리를 체념하게 하는 것이 우리를 살게 하는 것!

여배우라는 삶이 주어졌을 때부터 주인공으로 살아야만 했던
그녀의 찢어지는 외침이

마음에 든다, 그 시인에 대해 연구한 연구에 대해 연구하는
연구를 하며
    결코 불편한 시어들
    '상첨喪尖'과 '상실喪失'을 대하는 우리의 마음

소중한 세로쓰기와 다정한 가로쓰기에 대한

그들의 과오가 어떻게 같을 수 있단 말인가

끝없이 떠도는 그의 옛집 상상력이 풍부한 해석과 불행하
게도 이러한
sCANDAL은 그녀의 현실 우리의 부족한 질투
시인의 영정 사진 같은 사진
위로 눈송이 내린다 차갑고 선명한 커다란 눈에 반쯤 고인
눈물이 클로즈업되며 나의 눈은 시선을 옮겨

주방 천장에 매달려
먼지를 먹고 산다는 깃털 뭉치 같은
수염틸란드시아
앵무의 작은 눈으로

먼지가 되어 버린 먼지를 먹고 산다는 그것.

마트료시카
—소멸하는 육체들

머리부터 뒤집어쓴, 붉은 망토, 두른 부드럽고 뭉툭한 목
에서 매듭이 풀리고 목이 드러나고 칼바람이 불어닥쳐 피를
토하던 윗입술과 아랫입술의 구멍 하나의 점으로 점성술사
의 예언처럼 봉인된 옆구리에 나란히 붙어 있던 두 팔과 양
볼의 연지 속눈썹과 둥글고 통통한 배 위로 만개했던 꽃들
이 사라지고 쭈그러들며 한 점 봉오리로, 아가야

턱을 괸 채 지구본을 돌리다 검지에 묻은 먼지를 바지에
문지르다 지구엔 은하본이 있을까 은하에 대한 생각을 깊
이 할 수 없어서 두 귀를 막고 머리를 흔드는데 귀는 어디
에 있을까 문을 열고 계단을 올라 밖으로 나간다 해양 공원
쪽으로 대기가 노래지고 있다 종이 박스에 담긴 누들을 입
안으로 쓸어 넘길 동안 수평선 너머로 해가 《킬 빌》의 우마
서먼이 휘두른 칼날에 잘려 나간 야쿠자의 목에서 뿜어지
던 핏방울처럼, 진다 검은 하늘 은하수 붉은 쪽배에 내 아가

얼굴 축소 마사지 숍에서도 봤어 또 어디더라, 아 거기 골
목에서 나와 큰길 옆 커브 집 커피숍에서도 봤잖아 흑당밀
크티 마셨던 곳, 자주 보이네? 몇 피스였지? 우리 집엔 아
홉 피스지? 자세히 봤어? 밀크티 그 집엔 파란색이더라, 그

거 말고…… 그거 말고

 스트로를 따라 올라왔다 목구멍으로 넘어가는 언제까지
라도 끊임없이 목구멍 안으로 넣을 수 있을 것만 같았던 펄
타피오카, 내 아가야

 요즘은 턱관절의 힘을 빼려 한단다 그러면서 느껴 보려
해 잇몸과 이빨의 사이 겹겹이 싸인 어둡고 축축한 구멍에
들어앉아, 부드럽게

아쉬탕가를 하다
—은둔자이며 고행자인 인물

견딘다 왼쪽 귓구멍을 간질이는 귀지의 미세한 흔들림 견
딘다 박쥐 자세로 엎드려 고관절을 찢을 때 외전근을 타고
엉덩이에 이르는 근육의 이동 숨을 불어 넣는다 눈을 감고
보면서 말을 건넨다 말을 건네는 것을 보면서 눈을 감는다
어떤 소리도 내지 않으려는 고집에 귀 기울이며

견딘다 꽃집 앞에서 옆집의 돼지갈비 굽는 냄새를 맡으
며 꽃을 사고 싶은 마음을 견딘다 온 마음 다해 붉은 콧구
멍을 간질이는 코털의 미세한 흔들림 견딘다 숭고한 기분
에 닿기 위해 웅크린 어깨에서 목을 쭉 뺀다 어떤 향기도 내
지 않으려는
닫힌 문 속의 꽃들

나무줄기가 가을비에 젖어 까맣다 원적산 공원에서, 어
쨌거나 그것은 내가 도달할 수 없는 동작 나의 견갑골 위에
나의 종아리를 얹어 놓는 무자비! 숨은 갈 길을 잊었네 숨은
갈 곳이 없는데 숨은, 숨을 쉬기만 할 뿐 검붉은 이파리들
의 죽어 가는 냄새가 향긋하다

향긋해, 비 갠 밤하늘이 파랗고 발아래 나뭇가지 부러지

는 소리가 좋다 빠르게 하강하는 추위가 좋다 덜덜덜 자꾸
만 굽는 어깨와 허리 들러붙는 허벅지와 배 장딴지가 바닥
에 스며든다 사라지는 덩어리 위로

　꽃송이 던진다

우르드바 다누라아사나[*]
―잠자는 여자

뒤통수와 종아리가 만날 수 있도록 허리를 뒤로 젖히고
손과 발을 바닥에 단단히 뿌리 내린다 시뻘게진 얼굴 꾹 다
문 입꼬리 중력을 따라 흐르는 볼, 미간의 주름이 확고하
다 알겠다 우린 이미 선을 넘었다는 것을 긴 밤을 견뎌야
한다는 것
불면의 밤이어야 했는데

코를 고는, 내 코가 코를 고는 소리에 잠에서 깬다 날카
로운 집게발이 무기인 전갈이 내 눈을 향해 전진하겠지만
미안하다 너무 졸립다 이해받지 못한 너의 울부짖음이 눈을
후벼 파도 내 잠의 포만감은 역겨움을 모른다 나는 무서운
병고에 시달리지 않은 채

물안경 안에서 껌벅이는 눈알처럼 습하고 고요하다
팔과 다리가 물결의 변주곡처럼 움직이며 서로를 향해
나아간다
골반이 하늘을 향해 절정의 꼭짓점을 찍을 때
눈가에 침 흘리듯 흐르는 눈물

멍하니 앉아 있으면 입이 벌어지고 잇몸이 노곤해지면서

침이 흘러요 침을 닦아야 할지 흘려야 할지 망설이다 정신
의 균형이 흐트러지고 침을 닦아야 하는 것을 후회할지 흘
려야 하는 것을 후회할지 결정하지 못한 채 잠이

　무심하면서도 따뜻한 무한정한 동정처럼 바닥에서 머리
를 떼어 내지 못하게 해요 머리를 들고 팔을 펴고 무릎을 펴
서 우아한 아치, 작고 단순한 공원인 너의 어두운 마음에 덩
굴장미의 아치를 드리워야 하는데

　쉽게 지루해지지 않는 잠이여 깊은 침묵이 모자란 잠이여
우주의 가장 먼 층까지 도달하려는 잠이여

* 우르드바 다누라아사나: 요가 동작 중 하나로, 우르드바는 위 방향
  을 가리키고 다누는 활을 뜻한다. 이 자세에서 몸은 아치형을 만들
  고 손바닥과 발바닥으로 몸의 균형을 잡는다.

오버엥가딘의 질스마리아에서의 서문

우리 모두 집을 비웠을 때
무엇이 선인장을 향해
의욕하고 있었나 아름답게
자라던 긴장
고꾸라졌네

여름 가운데 여름
'아마도'에 마음 쓰던 황금 가시
저녁볕에 빛나던

흉측한 칼자국 얼굴에 둘러싸인 대담하고 위대한
두개골 부엌 창을 넘어 달아나 버리고

손님 중에 손님
식탁보 위에 엎질러진 포도주의 '만약에'의

'저편에서'의 검은 커튼을 찢으며
속삭이는 말 오해했던 말 미래에 오지 않은 말

>

질스마리아 숲속의 명상하던 새들이 날아오르며 까마득
한 각을 이루고

아침의 훈화와 부질없는 교훈들
—이상 시 연구에 나타난 목차 연구 Ⅰ.

자라지도 메마르지도 죽지도 않는
삼매에 든 것 같은
이오난사 허공에 매달려 꼼짝없이

목차
빛과 먼지와 습기의
적절함으로, 목차

목차의 목적은 정갈함에 있다

아쿠아로빅을 한다는 것은 수영장 한가운데서 부쩍 늙
는 기분
목적을 잃고 흩어진 목차를 일으켜 세운다

'소금에 절인 땅콩'*을 들으며
번민에 지친 화초 부질없는 교훈들
젖은 흙에 덮여
죽어 갔다

넌 장미를 맡으렴 난 부엉이를 맡을게 너희는 두 개의 수

제 비누를

　나눠 가졌지만 이 아침의 훈화가 뭔지 모르겠지만
　우리를 화나게 하는 것은
　소금에 절인 땅콩
　중국인들의 식습관 때문일 수도

　빈집에 앉아 목차를 생각한다 등 뒤로 노랗고
　따뜻한 겨울 햇살이 떨어지고 한 그릇의 늦은
　식사를 삼키고 있었다

* Gillespie-Clarke, 〈SALT PEANUTS〉, the Quintet', jazz at massy
hall; May 15, 1953.

가짜 거북의 이야기*
—이상 시 연구에 나타난 목차 연구 II.

목차를 왜 목차라고 부르는지 알아?
환자와 용태를 그렇게 하기 때문이야
뭐라고!

생각이 있는 목차라면 이상以上
책임 의사 이상李箱 없이는 아무 말도 하지 않겠습니다

아무래도 상관없으니 유쾌하게 지내자고

만족스러운 눈물의 바다 한가운데서
나무토막을 만나 쉬고 싶다면 생각이 있는 거북이라면

고독이 무엇인지 누가 그걸 알겠어 창백하고 섬세한 수
면을 통과하는
빛, 나약하고 우둔한 자유와

가냘픈 게으름뱅이의 멸시
물론이지! 만약

목차하는사람은즉목차하지아니하든사람이고또목차하

는사람은목차하지아니하는사람이엇기도하니까목차하는
사람이목차하는구경을하고십거든목차하지아니하든지간에

　돌이킬 수
　없도록,

　아니었다 *싸홈하*는 목차도 늦가을 버려진 채소의 이파리
들도 제비가 사라진 처마도

＊『이상한 나라의 앨리스』

제2부 우리의 욕망에는 아름다운 파국이 부족하다

공포증

섬뜩한 저주를 퍼붓듯 눈이
뒤집힌 채 울부짖는 어린아이, 안과 진료실에는
냉기에 찬 땀이 흐른다

눈의 감각 위에 던져진 창백하고 차가운 회색빛의

어두운 복도를 걸을 때
그랬다 저녁 무렵의 강물 소리 변덕스럽고 경쾌한

고독이 빈
화분 속에 찰랑거릴 때까지
기다리지 못했다

황소고집을 부리며 공포의
호색한처럼 절정으로 치닫는 절규, 한때

찔레꽃 향내 나던 시들어 버린 말들 그대들의
입 냄새 침대보 위에 하얗게 쓰러져 있네

검은 건강 도인술

제 몸을 우물우물 씹어 삼키고 있는 어둠의 아가리 어둠이 배설한 김이 서려 있는 어두운 방 침구골상대학 정문을 등지고 리도반점을 지나 사회과학원 북문 맞은편 경극학교 초대소 바로 옆 계단식 아파트 오 층에 있는 다층의 어둠 한 칸 속에서 어둠을 뒤집어쓰기 전 너는 침구골상대학 대학원장에게 특진을 받고 이 도시에서 유행하고 있는 전기 약탕기로 튼튼한 어둠이 되고 싶어 하는 너의 육체를 위해 약을 달여 복용한 후로 네 구멍들에서 쏟아지는 흥건한 피는 어둠의 한 편린을 보여 주기에 알맞고 너의 건강에 어울리는 목발과도 같고 눈꺼풀이 반쯤 열리고 반쯤 닫힌 틈으로 들어오는 방 안의 공기와 삼면의 잿빛 벽과 한 면의 검은 커튼이 만들어 낸 빛에 대하여 탁하다거나 무겁다고도 말할 수 있지만 어둠은 파동 휘선輝線 층단 검은 책장에 꽂혀 있는 『영혼을 위한 닭고기 수프』 『중국의 붉은 별』 『성공하는 사람들의 7가지 습관』 『건강도인술』에 그려져 있는 그림의 순서에 따라 너는 동작을 따라 손바닥을 수백 차례 비비고 나면 불꽃이 튀어 오르는 느낌을 받을 수도 있지만 반복되는 움직임은 피의 순환을 약간 도울 수 있을 뿐 피의 웅덩이가 더욱 깊어지고 너의 얼굴은 더욱 희어져 어둠의 농도가 변하는 것을 베개에 떨어진 경혈經穴은 생명에 관계되는 급소 책

의 활자를 보며 알 수 있고 불건강은 몸이 자연 그대로의 상
태가 아니기 때문 너는 활자의 배열 속으로 들어가 온몸에
벌레가 기어 다니는 망상에 휩싸여 허벅지 이마 어깨 손목
을 긁어 대다가 네 손톱 밑으로 떨어져 나온 살점을 보는데
꿈틀거리고 팔딱대고 기어 다니는 살점이 떨어져 나간 허벅
지에서 피가 흐르고 미용상의 고민은 도인술로 말끔히 해소
할 수 있고 작은 젖가슴 주름살 기미 성력性力의 강화 납작
한 코는 날숨이 공기를 잘 조절하지 못해서 납작한 코와 뾰
족한 말의 구체적인 기미와 젊어지는 입술에 관한 고민이
짙푸르고 검푸르게 어렵게도 서럽게 어두운 첨탑의 입술에
서 후드득 쏟아지고 너는 음모와 양탄자 옷가지 베개 머릿
속을 소독하고 『건강도인술』의 마지막 페이지 마지막 동작
을 칠십육 일 동안의 손바닥 문지르기를 그만둔다 침구골상
대학 정문을 등지고 리도반점을 지나 사회과학원 북문 맞
은편 경극학교 초대소 바로 옆 계단식 아파트 오 층의 어두
운, 방, 양탄자, 위로, 쓰, 러, 진, 검붉고 흐물흐물한 몸,
뭉어리를, 먹고 있는 어둠의, 아가리, 강해진, 이, 빨, 꼭,
다물어지지 않는 입과 검은, 침이, 넘쳐흐르는, 어둠, 속
에서, 어, 둠, 속, 에, 서, 검은 입, 술의 활기, 속에서, 드
러나는 좌절되지, 않는, 불, 이해의, 박명薄明, 속, 에, 서,

창, 문, 의 검은, 커튼을 걷어, 내면, 서, 시

　　창문의 검은 커튼을 걷어 내면서 유리, 창에 묻은 뭉, 개, 진 지문과 창, 틀에 쌓인 먼지의 두, 께를 묘, 사, 할, 때, 날카로워지는 심, 장, 연속무늬 벽지와 흰개미들의 이동 꿈을 꾸고 있는 너를 바라보는 것에 대한 두려움 삭제 표시를 따라 밀랍 인형이 침대로 걸어 들어갈 때 느끼는 슬픔과 팔과 다리와 목이 묶인 채 채찍을 사용하는 성행위 따위의 즐거움 침구골상대학 정문을 등지고 리도반점을 지나 사회과학원 북문 맞은편 경극학교 초대소 바로 옆 계단식 아파트 긴 문자열에 대한 환기 혼잡한 광장을 벗어나 도로를 횡단할 때의 너의 결심 같은 것 중국 복화술사와 경극 화장술 검은 방 안에서 밀가루 국수와 두부 국수를 칠십육 일 동안 먹으며 손바닥을 비비며 지낸 건 너의 과장된 생활 태도 너의 머리카락에 공포를 느껴 너의 머리카락을 자르는 것도 마찬가지 거울 속의 지껄임 전화를 걸기 위해 경극학교 초대소 혹은 리도반점 안내소에 놓여 있는 전화기를 생각하다 소상점 계산대 위에 놓여 있는 전화기를 떠올리는 건 너의 의지 무릎 꿇는 장면을 상상할 때 깨닫게 되는 너의 한계에 대한 무릎의 생각 전화기란 묘목苗木과 묘목眇目과 묘목墓木 사이를 스치고 돌아 나오는 기분과 같은 표절 너의 근육이 줄어드는 것에 공포를 느끼는 요의尿意 지도를 펴고 내

몽고와 외몽고의 국경선을 손가락으로 그어 보다 허벅지를
긁어 보다 손톱 자국을 따라 핏물을 따라가는 학설 볼셰비
키와 마오 주석 팥죽의 공포란 말이 너의 관심을 끄는 그저
그랬을 팥죽이었을 검붉고 뜨겁고 구부러진 선들의 연장에
는 사막의 능선과 외몽고의 외봉 낙타와 외국인 거류 허가
연장 증명서와 어두운 방 안의 검고 둥근 매듭 둥근 고리 둥
근 고리 속으로 조여드는 저녁 식사 시간의 대화번역안개독
약 창문의 커튼을 걷어내고 창문을 열어젖히면 불어오는 모
래바람 모자를 밖으로 던지는 아침 담장 안의 운동장 새 학
기의 조회와 훈화 대머리를 언제부터 두려워했나 면도날 같
은 비가 내리고 목성이 너의 머리통을 향해 떨어지고 있는
시간을 세고 있는 시계와 마늘의 역한 냄새에 소름이 돋고
마는 마늘 공포증에 걸릴까 봐 두려워하는 공포증, 이, 란,
것도, 것은, 은, 또한, 에, 도, 혹시,

  시,

    ,

    ,

    ,

    ,

    ,

나의 리치 람부탄 나무 애인들

우리의 사랑은 왜 아직 끝나지 않을까요?
끝나지 않았나요?
끝나지 않지 않았나요?

벌벌벌 떨면서 당신이 오길 기다린다.

눈송이가 비탄 비탄 비탄 비탄 쏟아지고 나뭇가지가 휘어졌다 본관 앞에는 학교 설립자의 동상이 있어야 하고 서관 꼭대기에는 새들이 뛰어내리는 시계탑이 보여야 하는데 이곳은 분명 그곳인데 휘날리는 청동 코트 깃도 나부대며 떨어지는 비탄 비탄 비탄의 나의 애인들은 눈보라 치는 새벽 교정에 왜 없는가 새들은 기어이 잠들고야 말았는가 일어나 일어나 일어나……

미래에 가 있었니 그곳에도 애인이 많았니 애인들을 찾지 못해 비탄비탄비탄! 탄! 에 악센트를 주며 울었니 괜찮아 이곳은 눈이 내리지 않는 리치 람부탄 나무의 나라 너의 애인들이 머무는 외국인 기숙사동 앞에서 외국인인 채 그밖에 달리 뭐라 할 수 없이 애인을 기다린다 우리는 국적이 다른 애인 사이

>
당신은 애인이 너무 많아요.
애인이 너무 많은가요. 나는.

　놀랍도록, 비탄 비탄 비탄 비탄…… 유혹은 끝이 없구나 끝장이 나지 않는구나!

　나의 애인은 푸동반점 로비에서 차를 마시며 필리핀 밴드의 음악을 듣는 둥 마는 둥 리치와 람부탄의 차이에 대해 생각하곤 했다 그보다 푸동반점 앞에 늘어선 노점상에서 양꼬치를 먹고 청도맥주를 마시다 푸동반점 화장실을 자주 애용한다는 편이 맞는 말이지만 푸동반점 화장실에서 나올 때는 잊지 않고 화장실 화병에 꽂혀 있는 한 송이 꽃을 윗도리 속에 숨겨 와 기어코 잃어버리고야 마는 피부색이며 눈 코 입 머리카락 빛깔이 이 나라 사람과 유사한 이 나라 말을 더듬거리며 이해할 수 없는 말이군 나는 모르는 일이라고 내가 누군지 아나 내가 어느 나라에서 왔는지 알기나 한단 말인가 자신의 외국인성을 증명하기 위해 뛰어난 말더듬이가 되어 꽃이나 체크무늬 테이블보 포크와 유리잔 따위를 슬쩍 해서 기숙사 살림에 보태기도 하는 나의 애인의 애인들은

>

이국에서 슬픔은 똑똑하게 흐르지 않아요.
똑똑하게 흐르지 않아요. 모국에서 슬픔은.

운동장을 뛴다 온 누리의 운동장을 뛴다 코피가 터진다
세계의 진미 진미의 세계 맛의 국력 권력적인 슬픔을 당해
내지 못하고! 코피가 터져 버렸다 비탄 비탄 비탄 비탄 비탄
의 핏방울이 내리기 시작한다 버림받은 애인들 부디 사랑하
는 나의 리치 람부탄 열매들 접시 위에 올려진 더는 돌이킬
수 없도록 새롭고 붉고 검은 알몸의 눈송이 눈보라 눈의 꽃
청동의 코트 깃을 흔들어 대는 훔쳐 온 시계의 초침 분침 시
침으로도 되돌릴 수 없는 눈송이 눈보라 눈의 꽃

검은 치파오의 야시장의 훤한 경극 속에서

경극이 시작되기 전 분장실에서 데이−두지*는 제 몸이 가려운 원인이 곤충의 배설물 때문이라는 어설프고 까다로운 진단에 몸서리치고 있었다 무대로부터 들려오는 소음과 뻗어 나오는 뾰족한 그림자, 목욕을 하거나 빨래하는 것을 싫어하는 데이−두지는《쿵푸팬더》가 공포 영화로 돌변하는 상상에 사로잡혀 칭찬받을 때의 모욕적인 기분과 춤의 동작이 기괴한 광대의 시간을 흘러가는 구름 속에서 느끼고 싶어 했다 경극이 시작되기 전,

데이−두지는 배우 생활을 청산할 기회가 많았다

*

붉은 깃발을 들고 앞장선 선생의 뒤를 성곽의 능선처럼 줄지어 가는
학생들 들어선 지하 창고 동시다발
공연장 속으로 학생들
문화탐방의 시간 외국어로 배웠던 고성의

역사 서커스의 역사 화장술의 역사 검은 치파오의 검은
치파오의 야시장의 훤한
역사 속에서

*

공연이 시작되었다네 참으로 짧은 공연의 연속이었지 마
술이며 서커스며 경극이며 우리가 책에서 배웠던 모든 것을
보여 주겠다는 결심 같은 것 오래된 일이야 오래된 일이지
기억도 잘 안 난다네 조악했어 조악했고말고 기억나는 게
하나 있네 중산복을 입은 사내가 나를 떡하니 무대로 불러
내지 않던가 그래 그거 하나 기억에 남는구먼 그 사내는 실
에 꿰인 바늘을 길게 늘여 보여 주곤 그것이 얼마나 길고 또
바늘은 얼마나 많은지 다시 제 입으로 차곡차곡 넣더라고
그리고 내 몸의 기를 쑥 빨아들일 듯 나를 향해 손바닥을 휘
휘 젓다 자신의 입에 가져다 대더군 그러더니 확신에 찬 표
정으로 입을 쩌어억 벌려 보이는 것 아닌가 나는 놀라지 않
았네 암, 놀랄 일이 뭐가 있겠나 하지만 놀란 표정을 지어
야 했지 난 그 사내를 존중해 주고 싶었거든 사내의 입 속에
숨겨 놓은 바늘 중에는 삐죽이 튀어나온 것도 있었네만 나

는 바늘이 삽시간에 사라졌다는 것을 어깨를 들썩거리며 증명해야 했지 박수를 쳐 줘야 했어 내가 박수를 치니 사람들이 박수를 따라 칠 수밖에 별 도리가 있나 참으로 맥이 빠지는 박수였지 내 평생 살아오면서 그렇게 매가리가 없는 박수 소리는 처음 들어 보았네 그런 박수 그런 박수 속에서,

데이-두지는 배우 생활 때문에 청산하지 못한 일이 많았다

---

* 천카이거 감독이 연출한 영화 《패왕별희》에 나오는 인물. 장국영이 경극 배우 데이-두지를 연기했다.

에로 폭군 마오 주석

마오, 인민은 자신이 얼마나 못났는지
알고 있습니다 누가 그들을
독려해 주고 빨아 주고 핥아 주고 결속시켜 줍니까

당신이 나에게 읽어 준 에로 행위에 대한 강령을 비판한다

인민은 돌멩이를 던질 힘이 없습니다 '에로 폭군 마오 주
석' 당신을 모독하기 위해 목에 팻말을 걸고 광장에 서 있습
니다 붉은 완장 붉은 깃발 붉은 전차를 따라가는 비판 투쟁
을 시작하라! 외침과 대자보를 모르는 아이 두 뺨이 두근거
리는 아이 톡톡

톡톡
티슈를 뽑아 쓰듯 나의 태양 나의
연인에게 다가가고 있는 아이의 시간이라오 마오
당신을 위해 가장 긴 음악을 연주하는데 마오 눈물이 흐
르곤 하는데
마오 밤을 하얗게 지새우는 날이 많은데
마오 뭐라고? 뭐라고! 완전한 사랑에 무슨 조건이 이토
록 많단 말인가!

내가 너를 사랑하는 것이 도대체 너와 무슨 상관이람

우리의 욕망에는 아름다운 파국이 부족하다

너에게 기대할 수 없는 것만이 너에 대한 유일한 기대
에 부흥하지 못하고 받게 된 관심과 찬사라니
나는 열렬히 당신을 학습했습니다

뭐라고? 뭐라고! 난 너에게 그에게 인민에게 미안하지 않아
질이 좋은 사랑이었어 쫀쫀하고 꽉
찬, 신물 나게
순간적인
혁명과
반혁명

우리는 저지를 만큼 저질렀는데 마오 넘을 만큼
넘었는데 마오 최선의 최극단에 서 있는 허무주의자여!
붕어찜과 돼지간볶음을 먹고 황주를 마시던 일은[*]
어제의 일이지요 두려움도 더 이상 필요 없게 되었단 말
이오 마오

영혼까지 고양된 항복에 대해서라면 마오 정녕 난 마오

마오, 하지만 마오

마오! 뭐라고? 뭐라고! 언제면 끝장이 날까 언제까지 기다려 줘야 할까

그 푸념. 그 맹세. 그 열정. 그 용기. 그 심각.

---

* 허삼관이 매혈 후, 보혈을 위해 먹고 마시는 음식과 술(위화, 『허삼관 매혈기』, 최용만 역, 푸른숲, 2007).

도제徒弟의 저녁 별

쉑쉑쉑쉑! 쉑쉑쉑! 쉑쉑쉑쉑 잘도 흔드는구나 바나나 셰이크 오렌지 셰이크 워터멜론 셰이크 그 무엇보다 과일을 몽땅 섞어 만든 셰이크가 최고지 겨울 동안 동남아 각지를 돌아다니며 배울 만했어 그럴 만했네 너의 녹록지 않은 삶과 그 쓰라린 경험 속에서

*

너는 연애와 얼룩 집착 교차로 결핍으로 뭐라도 만들 수 있잖아 아빠에게 죽도록 두들겨 맞으며 자라온 환경 따위! 이렇게 말하면 안심이 되는 걸까
당신이 당신의 세계로 돌아갈 때 마음이 조금 덜 무겁다면

어깨를 두들겨 줄게요 괜찮아? 괜찮아 엉망진창으로
과일을 섞어 갈아 줄게요 쉑쉑쉑쉑 셰이크는 제멋대로의 비율일 때 더 맛있지
너는 우리의 사랑과 그자의 학설을 또 섞어서 말하는군 그렇다면 게임 오버야

>

보상받아야 마땅할 일처럼 잘못 끼워진 단추가 작품에 깊이를 주기 위해 애쓰고 있다

운명이지 운명이야 운명은 고난을 숭고하고 별스럽고 짜릿하게 운명하게 한다

기울어진 벤치 위에서 담배꽁초가 대구루루 구르다 떨어지는

눈알을 파 버린 도제徒弟의 저녁, 별

볼 일이 없다

너는 어차피 비뚤어진 심성 나를 사랑한다는 자체가

*

사람들이 웅성거리는 소리에 눈을 떴어요 제기랄! 내가 언제부터 길바닥에 쓰러져 있던 거지 건드리지 마! 일으켜 세우지 마! 조숙한 계집애 첫 생리혈과 빈혈이라니 아빠를 이런 꼴로 만나고 싶지 않은데 엄마는 어딜 가고 도대체가, 아빠와 마주 보고 앉아 있는 롯데리아 난생 처음 먹어 본 롯데리아 딸기 셰이크 세상에 이렇게 맛있는 것이 있다는 걸 이미 알고 있는 사람들! 안녕, 아빠의 선물, 헤모글로빈과

>

폭풍처럼 매를 불러일으키는 청춘의 시작.

그래. 이렇게 찾아왔다. 당신이란 사람은. 으로 끝나는
용서하기 싫은 편지

차원이 다른 맛 출발선이 다른 고통 그래서 하는 귀납적
인 이야기

너무 노골적인 것은 싫다지만, 그래서 안 되는 거야 너의
작품은 거칠지가 못해 너 바보야? 대가리가 그렇게 안 돌아
가? 너는 뭐든 섞어서 생각하는 경향이 있어 그 여자와 나
는 룸메이트일 뿐이라고 너는 감정의 덩어리 그래서 안 되
는 거야 네 고통을 들고 그것밖에 가지고 놀지 못해?

*

이런 스마트한 사람을 보았나

어쩌다 연애의 선수가 되었나 어쩌다 이렇게 계단을 잘
쌓았나

너의 녹록지 않은 경험과 그 쓰라린 삶 속에서?

쉑쉑쉑쉑! 쉑쉑쉑! 녹록지 않은 삶과 그 쓰라린 경험 속

에서! 박살나 버린

　셰이커여, 가혹하다 가혹해 꽤꽥꽥꽥! 꽤꽤꽥! 꽤꽥

　꽥꽥! 꽤꽤꽥! 울며불며 보상받아야 마땅할 울며불며 울

며불며

가정방문 교사

너는 퍼질러 잠만 잘 자고 있구나 누구 때문에 빚쟁이들에 쫓기다 겨우 돌아왔는데 푼돈이나 챙겨 도망가야 하는데 이불 속에 누운 채로 구둣발에 짓이겨질 때, 푸른 눈의 소녀, 찢어진 잠옷 사이로 젖 몽우리가 삐죽이, 소녀는 유리 겔러처럼 숟가락을 구부릴 수 있다. 그래서 소녀 선생님께 하는 말 재투성이 말 발가락을 빨아 달라는 말 좌측 공포증 인형 공포증 광장 공포증 백성 공포증 종이 공포증 성직자 공포증 집착의 가루약이 풀풀 날리는 먼지를 뾰족하게 한다.

그래서 소녀 선생님께 하는 말 고질적인 말 그리스어와 대머리에게 느끼는 두려운 감정에 기대어서 하는 말. 별들이 뒤범벅이 된 혼숙의 밤 아이들이 우르르 파출소에 처박혔다 식구들의 손을 잡고 하나둘 떠날 때 서러워할 줄 알았다면, 소녀 골칫덩어리! 선생님의 서재에 꽂혀 있는 책들을 도서관에서 찾아 읽는다. 골칫덩어리 수녀원에나 쑤셔 박아 넣으렴. 당신이 소녀를 얼마나 사랑하는지 얼마나 선택적으로 사랑하는지 선생님의 일이란 이토록 지겹고 정연한 것일까. 질투의 돌멩이를 선생님의 창으로 던진다.

>

    까맣게 물들어 가는 허벅지며 등짝이며 팔뚝이며 눈퉁이며…… 모처럼 당신이 가정으로 돌아와 몸도 풀고 마음도 달랜다. 그래서 소녀 또 선생님께 하는 말 사회성이 없는 말 당신에게 버림받은 경험 때문에 사랑을 왜곡하는 말 변태와 해체와 원본과 타자와 동일자 지뢰밭 후배위 같은 저 어려운 말들 일찍이 배웠다면 가정의 날을 설명하는 데 이 분은 줄였을 텐데. 새로운 인생을 시작할 마음이었다. 목성이 소녀의 머리통을 향해 떨어진다.

    고독하다 고독해. 선생님의 취향과 형식과 윤리로 소녀를 사유하려는 태도, 싫은 건 싫은, 죽도록 싫은, 선생님의 진심 어린 야단! 당신의 여러 가정에 대해 상상하는 밤 창백해진 얼굴로, 왼손잡이가 쓴 8자는 어떨까, 무서울까 아플까 달콤할까 실망스러울까 재밌을까 그렇게 조금 숙녀가 된 푸른 눈의 소녀, 유리 겔러처럼 선생님의 그것을 쭈그러트렸다 펼 수도 있다 끄으응. 선생님이 내뱉는 탄성이 진실되다 그것은 촉발, 완성되지 않을 소녀의 새끼들.

보상의 문제

더 이상

당신이 구성한 사실에는 악의가 없다, 환락이 없다
화를 내는 건가요?

나와 당신의 춤은 때와 장소를 가리지 않는 체조라는 점
에서 범국민적인 것이었지만 추억이라는 문제가 있지 편지
쓰는 것을 생활화하자! 반성의 목소리가 느리지만 다급한
느낌으로 늙어 버린 캄보디아의 국왕 시아누크는 고통을 잃
어버리자 할 일이 없어진 사지처럼 늘어져 있었다

당신은 목숨에 해로운 무엇을 먹었지?

쥐를 잡는 거리의
아동의 구릿빛 피부와 뜨거운 살점을 발라낸
슬픔의 탕진을 바라본다
흰 뼈를 보고 싶어 휑, 한 광장에서 흩날리는 눈을 맞으며
뼈가 타올랐으면

시아누크의 젊은 아내들의 절개와 국왕의 편애

열세 명의 아들들이 춤을 춘다 푸

　푸, 파 푸 파 푸

　파, 편향의 협곡, 우리는 춤곡 사이사이 여러 번 기절
했는데

　열정을 아끼자 열정을 아껴서 국민의 괴로움을 보상해 주
자! 국민의 정서는

　누군가의 생가에 대해 이야기한다 오골계와 레그혼, 생
면부지의

　여행객을 바라보던 그 마당 프놈펜의

　작은 가축들

　당신은 연속눈알무늬 깃털을 펼치며 관능을 애정으로 이
끌어 가지 못한 채 어둠이 부드러워진 밤에, 우물의 밑바닥
을 다 들여다보고 나온 사람처럼 정중과 비열과 성실과 약
골과 존경으로 아득한, 정향나무 아래 서 있는 한 마리 큰
공작새였다

　화를 내는 건가요? 당신은 욕망에 해로운 무엇을 먹었지?

의자를 둘러싼 독백

장중하고 무겁게 사물을 표현해 보길 권한 건 너였다 취미 생활의 심화 과정 같은 것 의자의 높이가 방의 용도를 결정짓는데 나는 알 수가 없구나 우리가 그 방에서 무엇을 했는지 올봄에는 개나리가 수선화처럼 큼직하게 피었다 기온에 따라 계절을 가르지 않는 나라를 생각한다 일 년에 사계절은 너무 많지 네가 여행을 떠나고 의자들의 안부가 궁금하다 내일은 비가 온대 장화를 신을까 도마뱀을 기를까 내 최고의 고민 고민의 고비처럼 비가 내린대 이런 말장난은 그만하라고 충고를 아끼지 않았지 충고는 너의 자랑을 허락하는 너만의 면죄부 비가 내리거나 비가 내리지 않거나 세상의 모든 궁궐은 입장료를 받고 의자마다 앉지 마세요 푯말을 붙여 놓았다 이런 걸 문맥이 틀린 문장이라고 하는 거니? 연애는 하지 말고 잠이나 자자 나의 손가락은 너의 긍지 너의 귀를 만지지 못해 안절부절이다 그런 점에서 나는 네가 싫은 거야 너는 건조하게 말한다 이별의 인사는 건조한 의자에서 건조하게 건조함을 빼는 것 너는 여름이거나 여름인 나라만을 좋아하고 사계절을 함께 보내기엔 짧고 얕은 우리의 눈꺼풀 의자들을 정리하기로 했어 이곳은 비좁고 화초가 죽어 가 무엇을 살려야 한다는 점에서 우리는 의견이 일치하지만 필체가 고르지 않은 면에서 이해할 수 없는 말들을 내뱉는다 의자가 천

장을 뚫고 높이를 키워 가는데 나는 나무 아래서 색연필을
깎고 걷기이거나 우기인 나라의 비쩍 마른 소를 생각하며
한층 깊어진 장화로 생활로 취미로 빠져든다 새로운 이별을
만지며 귀를 만지며

진정 코? 정녕 코!

　탈선과 실패와 변절과 한계와 슬픔에 의기투합해 주신
여러분
　웃자고 건드리면 죽자고 달려드는 저를
　실존적 위험을 내포하고 있는 저를
　농담이 부족한

　그러나, 진정코? 정녕코! 우리 어쩌랴 이제
　그만, 바이 바이

　인내의 시간이 도래했습니다
　A선생이 이 시대의 광대 히어로 B군과 B군의 후원자 C
어르신을 모신 가운데 D양을 부르고 d양은 부르지 않은 가
운데 나는 당연히 이들의 정상에서 이들을 관조하는 태도
로 d양의 심리 변화 추이를 관찰하고자 하였으나 D양의 기
쁨이 궁금한 건 인지상정이 아니기 때문이기도 하고 역시나
d양의 마음에는 배울 점 하나 없는 치명적 모독과 같은 나
부랭이들로만 가득할 뿐이어서 과연 D양이 겸비한 학덕의
보편 그리고 인내! 과연, 흠흠 그 자리를 빛낸 인내투성이
가 뼛속 깊이 커다란 울림을 주었기에 궁극적인 관건은 아
무래도 A선생의 관점과 그 관점에 줄줄이 줄을 세우는 능

력에 있지 않은가!

머리가 크건 작건 우리는 뇌를 활용할 줄 알아야 하고 그
러니까 화병에 꽃을 꽂아 두어야 하고 삶과 죽음을 선별하
는 영악한 자들을 찾아내야 하리 그럼에도 불구하고 우리
는 긴장 상태가 아니라니, 아니나 다를까 그럼에도 불구하
고가 담고 있는 내용물이 영 미심쩍은 가운데 영원히 흘러
나오는

합창. D양과 d양의 아, 아, ⋯⋯ 흐흐흐 흡, 흡! 몹시도
괴로운 가운데
이 감정은 음핵 깊은 곳으로부터 솟아오르는 것일까요?
우리는, 멀어지는 것이 두려운가 가까워지는 것이 두려
운가 뭔가, 심약하지만
오직 d양은 d양을 고찰의 대상으로 삼고 d양을 고찰하면
서 이러지도 저러지도 못한 채
중병을 앓고 있는 것이 아닌가!

또 이것은 어떠한가 D양이 누리는 명백한 혜택, 균일의
차분함은 어느 광야에 가서 목 놓아 울어야 하리, 아니 D양

이 느끼는 외로움이란? 점점 미궁으로 빠지는 A선생의 분별심은 어디로 흠흠

　하여간 D양과 d양은 이런 노래를 부르며 늙어 갈 테고
　정말이지 A선생은 d양 혹은 D양을 부르며 늙어 갈 테지만 진정코!
　정녕코? 당신의 코를? C어르신이 왜? 결국 알파벳의 모든 종자들은
　우리의 광대 B군을 노래하며 갱생할 테지

　오! 아름다운 거짓 연인들의 속삭임 새로운 아침의 버들가지 쉿! 지옥은 멀리 있어라

제3부   차를 마시고 나서 차를 마시고 나서 한없이 차를
마시고 나서 이미 차를 마시고 나서 어느 때보다
더 차를 마시고 나서

계약 해지

우울의 무릎을 뚫고 나와
항구의 횟집에 모여 노래
부르네 퇴역한 해군의 푸른 스트라이프 셔츠

낮은 구름 어둡고
시원한
그늘 아래

무성하게 자랐다 쉽게
죽은 고무나무는 내가
물을 주었지 물을
주지 않았지

그렇게 결정이 났다고 조용하고 느리게
찻주전자에 말린 레몬과 생강이 부푸는 동안
눅눅한 여름이라고 그렇게

마음을 먹으면서 찻물을 흘리면서 탁자를 훔치면서

암살자들의 시간

살을 도려내는 고요의 칼날을
즐기는 정오 뭉그러뜨리며
걸어오는 두
사람의 발소리 목소리 노크 소리
숨소리를 죽이며 탈구된 왼팔을 늘어트린 채
침대에 엎드려 있다 척추가 휘어서 목뼈까지 휘어서
기침을 한다는 가설을 세운
우리내과의 그
의사 얼굴이 붉은
알코올 냄새가
나는

늘어진 팔이 쿨럭댈 때마다 흔들리는데
결코. 더는. 그저
그뿐 두 번 다시는 이런다 그 전도자들
쿨럭, 나에게 물약과 자유와 긴 연설을 약속하는 입 침
에 젖은
혀를 내밀어 희고 고운 장밋빛
뺨을 핥는다 썩어 문드러지는 내
성깔이여!

>

등기소 앞에서 건널목으로 구청 앞에서 건널목으로 여성
문화회관 앞에서 건널목으로 경찰서 앞에서 건널목으로

새로운 당신을 보자마자 주저함 없이 당신의 아버지가 그
랬던 것처럼

점유한다 자리를 잡고 앉아 악착같이

거대하고 불결한 신비의 말들

부드러운 바람이 머리카락을 쓸어 주는 구청역 사거리에서

싱잉볼 안으로

눈을 감고 글을 쓰면 활엽처럼
우거지는 글씨체 손바닥을 비벼 눈두덩에 올려놓는다

가죽을 덧입은 목각이 '댕'처럼
'옴'처럼 세상의 모든 소리를 깨워
명상 주발 안으로 밀어 넣고 있다 시원하고 따뜻한
나뭇잎을 부숴 버리는 바람

한번은 나를 버리고 갔지
프놈펜과 호찌민 그 사이 휴게소
화장실 앞 그
버스 기사

끝없이 이어진 수로를 따라 해자 위의 다리를 건너 태
양의 수호자 넓은 우유의 바다 미물계 인간계 천상계의 도
시와 도시 평생 살던 수도를 떠나 소도시로 이사했다 활엽
　활엽

　활엽, 나뭇잎 떨어지던 날

>

차를 마시고 나서 차를 마시고 나서 한없이 차를 마시고 나서 이미 차를 마시고 나서 어느 때보다 더 차를 마시고 나서

고독하게. 누군가. 나의 말을. 다르게 전하고 있군. 그림자 인형극처럼.

버스 노선은 아무리 봐도 낯설고 어느 곳으로도 갈 이유 같은 건 없다
붓다의 이마에 파인 상처 심장이 사라진 사지 위로
보드라운 햇살 부유하는 흙먼지
까맣게 들러붙는 그곳의
그들의
선율

싱잉볼 밖으로

　나만의 격려 나만의 가르침 나만의 고양 나만의 승부 나
만의 상상력 나만의 상승

　이미 하고 있다 이미

　하고 있는 중인데
　제대로 해 보자 처음으로 돌아가 보니,

　기억나니 하루에 두 번 버려진 날
　국제 버스 터미널
　두리안을 나눠 먹는 사람들 무릎 주름이 까만 아이들
　피로한 숨을 달게 쉬었다, 한숨을 섞어 가며

　우두커니. 어찌할 수 없이. 끝을 다 써 버린. 더 이상 써
버릴 끝장이 없어서.
　홀가분했다 손을 내밀었는데
　눈을 감았는데
　닿을 수 없을 만큼 멀리
　높은 곳에서
　나를 바라보던 아이

>

작은 젖가슴이 불었다 사라지고 납작한 코언저리에 기미
가 활기를 잃은 말들의 기미가

적막한 마을의 놀이공원
우두커니. 앉아 있는. 인형을 향해 방아쇠를 당기던. 여
름 저녁의 하늘빛은 팥죽색으로 짙어 가던 나의 입술

우리의 방에선 유황 냄새가 나 발이 시려워 몇 겹의 양말
을 껴 신었나 구급상자 같았던 터미널 마지막 불이 꺼졌을
때 연속무늬 벽지의 시작과 끝을 되풀이해 이어 보는 밤 명
상 주발 밖으로

찰방찰방 흘러넘치는 강물
길어지던 그림자
고름딱지 아이

약봉지 곁에 누워 있었던 어두웠던 낮과
낮과 같이 환한 밤에 월경하는 불이여 공기여 물이여 그
수고로움이여,

피어슨 부인*의 산책

실연했고 다시 사랑에 빠진
과거에 중국 소녀였고
너무 많은 감정의 재구성으로 탄식하는
피어슨 부인

대담하고 뻔뻔한 매미의 녹색 소리에 취하네

혁명당원이자
새빨간 마음으로 불타오르던
중국 소녀와 떡갈나무에서 빗방울이 뚝뚝 떨어져도 좋
으련만
혼잣말하는 피어슨 부인의 애처롭고

우아하고
깜찍한

헛된 감정

피어슨 부인이 귀양살이하는 떡갈나무 숲에서
중국 소녀의 낡은 혁명의 목소리가

횟 휘호 횟 휘호 날아오르네

알리오 올리오

　포도주 좀 마시렴 저녁의 알리오 올리오 근사한 알리오
올리오 깨끗한 잔이 필요해 맑고 붉은 포도주 뜨거운 접시
에서 기다리고 있는 알리오 올리오 후추의 맛을 보렴 알리
오 올리오 아름다운 알리오 올리오 너는 나에 대해 좋게 말
했지만 우아한 알리오 올리오 내가 화초를 죽인다고 말했지
사랑스러운 알리오 올리오 포도주 좀 마시렴 물 담배를 물
고 있는 알리오 올리오 기품 있는 알리오 올리오 매서운 후
추의 맛을 즐기는 알리오 올리오 포도주를 마시렴 포도주는
없어 포도주를 마시렴 포도주는 안 보이는걸 폭풍이 몰아치
는 여름의 알리오 올리오 재채기를 하면 두들겨 패 줄 테야
지쳐 버린 알리오 올리오 몹시도 괴로운 알리오 올리오 이
감정은 접시 깊은 곳으로부터 솟아오르는 것일까 늙어 버린
알리오 올리오 오 오 오 내 아가 알리오 올리오 창 없는 다
이닝 룸의 알리오 올리오 비 갠 아침 풀잎에 맺힌 물방울 알
리오 올리오 쉿! 알리오 올리오

다시 한번 버찌 검은 버찌

버찌 검은 버찌 버찌 검은

버찌 후드득

후드득 떨어지는 유월

장마가 지기 전 버찌 검은

버찌 웅크리고 앉아

왼손 가득 주웠지 다음 날도 다

다음 날도

종이컵에 넘치도록 담았지 버찌 검은 버찌

벚나무 그늘의 악센트처럼 으깨졌던

당신을 알기 전

*

벤치는 약속이지 점점 불어나는 지키지 못할 약속이 되어 가는 벤치가 천진무구하구나 챙 넓은 모자와 도트 무늬 우산이 벤치에서 만난 날 버찌는 보도블록을 적시고 빗물은 버찌 검은 버찌 죄다 쓸어 내려 우리는 버찌 검은 버찌에 대해 할 이야기가 없었네 벤치를 비난하고 사과하는 시간이 길어졌지만 우리의 날들이 촌각을 다툰다는 것을 버찌 검은

버찌 알고 있었네 벤치는 사라져 가는 것들에 대해서라면
버찌 검은 버찌 신물을 냈지

　정오의 창문 안으로 형광등이 켜져 있다는 걸 벤치 앞
에서
　분별하기는 어렵다 대관절 목의 소임은 무엇인가
　눈송이가 흩날린다 나를 안아 줄래? 버찌 검은
　버찌 벗지 검은 외투 검은 눈을
　벗지 버찌는 잊었지만
　목을 길게 늘인다는 것은 무엇인가 나뭇가지가 부러진다
　요즘 유행하는 탄식에 대해 알고 있니? 버찌 검은
　버찌 벗지 눈 덮인 잔디 위로 악센트처럼 하얗게
　부르르 벗지 검은

　쏟아지는 눈발의 그늘

*

　바다 위에서 텀블링하는 꿈을 꾸었습니다 탄성 깊은 파
도를 뚫고서 심해로 가라앉아도 좋았을 텐데 끝도 없이 하

늘로 뛰어올라 눈을 꼭 감아 나는 당신이 누구인지 알 수 없었습니다 우리의 팔은 서로를 끌어안느라 단단히 묶여 있고 버찌 검은 버찌 벗지 젖은 반지 젖은 바지 벗지 버찌 하늘은 높고 바다는 깊은데 다시 한번 버찌 벗지 검은 파도 검은 버찌 보도블록 가득 터져가는 유월이 왔습니다 잘 지내는지요 당신,

  당신을 알기 전

매미가 우네요 마른하늘 참 오랜만이죠

툭툭 나무의 밑동을 차며 발등에 묻어 온 모래를 털어 냅니다 버스에 오르는 당신을 향해 손을 흔드는 것은 일방적인 고백 같아서 툭툭 투두둑 투두둑 툭 중부지방에는 석 달내내 비가 내렸다지요 당신의 고무나무는 잘 자라고 있나요 오전의 일과들이 심사숙고 망가져 갔습니다 바다와 우체국같은 것들을 생각하며 수첩에 주소를 적어 넣었지요 여기는우체국이 많고 농협과 면사무소와 우체국 우체국 농협과 면사무소를 따라 버스가 멈추지요 테라스에 대해서라면, 좋아요 그곳에 앉아 밑창이 떨어진 운동화를 수선했지요 편지를 쓰는 대신 걸어야 할 곳이 많아요 졸고 있는 남자와 계단과 노크를 떠올리다 무심히 여행을 잃어버리기도 했지만선풍기가 밤새도록 젖은 바람을 끌고 오는 바람에 목욕 가방을 들고 숨어 있기 좋은 방*을 나왔습니다 한여름의 목욕탕은 공사 중이고 목욕탕은 공사 중이고 공사 중 공사 중공사 중 중얼거리며 이왕에 동네 한 바퀴를 돌아 봅니다 이런 곳에 목욕탕이 도서관이 있다는 게 기적에 가깝고 모든것이 의아하고 경이롭고 신비하고 새롭습니다 어제 슈퍼 평상에 두고 온 담뱃갑이 아직도 거기에 있을까? 그렇다고 해도 이상한 일이겠지만 이곳은 등대보다 풍차가 많은 마을입니다 바람이 눈의 결정 같은 풍차를 돌리느라 매우 거칠어지면요 엎드려 베개에 머리를 묻고 풍속을 가늠해야 했습니다 우체국 앞 우체통을 툭툭 발로 찹니다 툭툭 투두둑 투두둑 툭 자갈을 굴리며 버스가 멈추고 오르는 사람도 내리는 사람도 없이 툭툭 투두둑 투두둑 툭 깊은 밤 터져 나오는 환청의 뺨을 때리며 나는 몇 번씩 그 방 안에서 오롯해졌지요 악몽 없는 악몽에 익숙해지기까지 아프리카박물관과 닥종이박물관 유리박물관 자연사박물관 하멜박물관 박물관박물관박물 관을 읽어야 했습니다 숨어 있기 좋은 관에서 당신에 대해서라면 아무것도 할 수 없다는 체념의 광기가 따귀를 맞은 듯 저 홀로 붉어졌지요 어른이 되었는데도 철봉에 거꾸로 매달려 운동장을 보는 것이 두렵습니다 양팔을 벌려 평행선을 만지작거리며 여름방학 속으로 걸어 들어갑니다 아무도 없는 교실 문에 귀를 대면 툭툭 투두둑 투두둑 툭 맥박이 햇살 속으로 빠르게 휩쓸려 가지요 숨어 있기 좋은 교실에서 내 슬픔에 대해서라면 자라지 않는 아이의 종아리와 같아서 철봉의 그 푸른 평행선 서로 만날 때까지 웅크려 앉아 있는 것이지요

* 숨어 있기 좋은 방: 제주시 한경면에 위치한 게스트하우스.

정말요······ 정말로······

'정말요'라는 대사
　어제의 영화에서도 그제의 영화에서도 지겹도록 많은,
정말로

　잊지는 않았지만
　마음이지. 마음은 인내라거나 억지로 하는
　이런 것과는 상관없는 거야. 정말요

　너무 예뻐요. 속에 푹 빠져
　나를 사랑하는 당신 속에 있는 나 자신을 당신보다 더 사
랑하는

　나초 나초 치즈 나초 나초 치즈 나초 나초 늦은 밤
　원 달러 상영관에서 철 지난 영화를 본다 어제도 오늘도
　너무 보고 싶었어요 정말요

　우리에게 용기가 부족하다면 그보다 우리를 애타게 만드
는 것도 없지.

　가슴 저미는 낙심과

명백한 사실, 그때부터 여자는 그를
죽도록 증오했는데 증오라는 걸 정말로 할
줄 아는 여자!

몇 개의 화분이 죽어 버렸나 베란다의 화초들을 보살피
는 밤
눅눅해진 빨래와 첫눈이 올 것만 같은

부산국제영화제에 갔다가

샤부샤부 식당에서 울며 뛰쳐나갔다 그녀

배추와 청경채와 느타리버섯과 대파와 우삼겹……
접시 한가득 쌓아 놓고 하나하나
육수에 빠트리다

모래 속으로 구두의 뒷굽이 빠져드는 것처럼
해변의 안개 속으로

엉망으로 녹음된 루마니아 영화는 눈과
진흙이 뒤엉킨 채 끈적이고
짙은 안개를 뚫고

비 내리는
해운대에서 어젯밤 터진
폭죽의 잔해 부풀고 찌그러진 눈가의 주름을 만들며
웃는 연인들이 지쳐 쓰러질 때까지

　도착하지 않는 잠, 귓속에 서걱거리는 모래의 말 루마니
아의 말 청경채의 말

>

부산은 언제나 부산보다 더

먼 남쪽의 도시였고 일어나지 않은 일들이 일어나는 바
다였고

덤불 속의 마른 가시 같은 파도가 밀려왔다

밀려가는, 엔딩 크레디트가 끊임없이 흐르는 나라였다

제4부 감각을 곤두세운 달밤의 무꽃 영령이 깃든 푸른 대기

지혜의 섭정 왕 왕의 후견인
─기욤 아폴리네르에게

너는 못난 만큼 못남을 보였다

오물과 진창 참혹한

잠에 빠진 눈깔들을 엮어 네 목을 걸어 둘

밧줄을 만들어라

새해 첫날이다 광기와 고통과 기쁨에 관한 헌사를

참아 보겠다 너의 후회를

불새와 가젤 지혜의 섭정 왕 왕의 후견인

터무니없는 암흑

그림자

너는 양동이 위에 올라

타오르는 꽃 덤불을 보고 있구나

누구에게 따져 물어야 하는가

너와 말을 섞지 않으며

법을 전하지 않으며

통치에 관여하지 않으며

마지막으로 온 사람 겨울의 각하

양동이를 걷어차 버려라

Kick the Bucket!

\>

호두 열매 사라진 숲에서

향기로운 둥지를 트는 불새와 황금 덤불 속, 제 몸을 태
우는 가젤

마트료시카
―백조의 밤

해양 공원의 노점 테이블 위로 나뭇잎 그늘을 피해 꽂히는 노란 햇살 일렁이는 술 취한 장기와 파도와 정신의 정처 없는 발길과 기념품 가게 좌판에 놓여 있는 마트료시카 예리한 칼을 들어 입술의 양쪽 끝 아귀의 살을 찢으며 웃는 다크 나이트의 조커나 만들 수 있을 것만 같은 입술과 몸뚱이 상체와 하체를 비틀어 토해 내는

저수지의
밤, 비가 내리는
칠월의 살구가 떨어지는
익모초의 생즙 같은
요양의
밤

오데트는 손끝의 힘을 빼다 백조의 호수 주변의 공기를 찢으며 네 마리의 백조가 뛰어오르며 춤을 끝내고 서른일곱 마리의 백조가 뛰어오르며 춤을 끝내고 긴장한 그들의 피로와 순례 근육의 운명은 어두운 마룻바닥에 엎드려

이마에 흐트러진 머리카락과 숲으로 이어진 푸른 농담濃

淡과 조금 더 길게 내뱉는 숨과 짙노란 살구가 들려 있는 반
쯤 오므린 손
　저 저수지 위에 뜬 달이 입술을 닦아 주는 밤

병 속의 이야기

재활용 박스를 들고 욕실로 들어간다
병들을 하나하나
올리브유병 소주병 참기름병 와인병 딸기잼병 와인
병 와인병 소주
병 하나하나 모서리를 향해 던진다

어깨에 온 슬픔을 실어
던지는

신앙이여!

유리 파편이 구석구석 퍼진다 피가 온몸을 돌듯 공포와
신비는 항상 좋은 화음을 내지

그때 무슨 일로 기뻐했는지, 알고 싶지 않은 채로
기쁜 밤이다 신비하다는 것은 무엇일까

감각을 곤두세운 달밤의 무꽃 영령이 깃든 푸른 대기
그때 무슨 일로 기뻐했든 어두운 골목 뒤에 더
어두운 골목으로 이어지는

>

병 속의 이야기 풍성하고 윤이 나던 머리 타래가
언덕 아래로 굴러가는 밤

갈라진 시멘트 사이로 풀들이 자라고
그림자 위로 그림자 포개지는
가등 안의 공기와 빛과
영혼의 그물을
찢는 손

주천강 수력발전소

수력발전소에 대해 내가
무슨 할 말이 있겠는가 그것도 개인
수력발전소에 대해서 그
낙차에 대해서

깊어지는 퍼져 가는 포염에 휩싸인 물의
소리 듣는다 소리가
소리를 잡아먹는 소리 속에서
이해했고 위로했으니 좀
내버려 두길

손모가지의 구속에서 벗어나 들판에 핀 꽃들을 자유롭게
꺾으며 향기로운 대기를 들이켠다

잡목과 잡풀이 오로지
상처를 입히기 위해 상처를 입히며
종아리를 따라온다

힘을 빼고, 미간을 구긴 이마의 힘도 복부를 잡고 있던
단전의

힘도 빼면서 잠시 서 있었다 허리가 무너지고
다리가 무너진다 울기도 성가신 듯
그쳐 버린 여름 한낮의 새소리

　　그와는, 무관한 불행처럼 쏟아지는 수력발전소의 물줄
기 물의
길 물의 몸 물의 덕 물의 복무, 유감없이
이해하지 않으려 고집하는 저 대담무쌍

오래된 오늘

도시락 뚜껑이 열렸다
무서운 냄새가 머리채를 풀어헤치며
창문의 틈새를 빠져나가 자욱한 안개 속으로 사라진다
목발 같은 나무젓가락을 짚고 길을 헤치면
검은 피부 거죽을 찢고 제 장기를 쏟으며
굴러가는 김밥 한

덩어리, 열에 들뜬 사람들이 검은 패딩을 입고 줄지어
기다리던 선별 진료소가 있던 광장의 앙상한 나뭇가지가
무거운 공기를 찌르며 누런 햇살이 안개를 가르며 이마에
내려앉았다 아이의 비명과
울음이 광장의 침묵을 찢어발기는

이것은 마지막 도시락 마지막 김밥 한 줄
오래된 아이에게 먹일 차갑고 축축한
도시 비바람이 몰아친다 눈보라가 들이닥친다
눈과 비가 수천 개의 옷핀과 머리핀이 되어[*]
얼굴을 찌르고 때리겠지

광장을 가로질러 건널목을 건너기 위해 신호등 앞에 서

있는 사람들의 굽은 어깨 위로 펄펄 날리는 희고 고운 눈 크림수프 같은 눈밭이 펼쳐진 호수 위를 미끄러져 가는 스케이트의 날 아이의 손을 잡은 엄마의 분홍 손등과 폴카 춤을 추는 저 북쪽 나라의 새들이 울고 있는

눈 내리는 오늘

* 표도르 도스토옙스키, 『분신』, 석영중 옮김, 열린책들, 2010.

머리 장식 깃털

당신과 나를 가르고 놓여 있는 탁자가 길다 긴
저녁을 차려 놓은 탁자에는
새들의 모이가 없고 소중한 탁자의 가장자리에서
사소한 탁자의 일부가 되어 가는
먼지 창밖의

눈보라 직관에 답하는, 에스키모들이 들려주는 눈의 종
류와 그들이 오랫동안 만나지 못한 적수들 당신이 이해하고
싶지 않은 아름다운 나라의 풍습과 손님과 아내에 관한 이
야기와

저녁 하늘을 활강하는 매의 눈빛
해빙은 어떤 슬픔을 예견하는 것인가
마감하는 것인가 새들이 날아간 새장에는 완성된 사랑, 그
총성의 습관으로
집행하는 처형

한 바퀴 두 바퀴 한 바퀴 두 바퀴 눈밭 위를 구르는 추억의
총아 기억해야 할 것들을 기억하며 억눌린 안정과 정돈된 근
심의 예의를 벗어나지 않으며 거짓 혁명을 내 눈물의 소질을

발견하는 감정의 몰입과 흐트러진 머리 장식과

매의 깃털과

회복기의 침상에서

기차역 수화물 보관소의 여행 가방
이런 문장에 설렌다
낄낄거리며 나무를 타고 오르내리는 남매의
눈매 아이들의 옷에 묻은 얼룩 나뭇잎 그림자
내 오랜 고름딱지 애인에 대해서는 잊기로 하자! 나의
맹세를
가벼이 해 주는 좁은 골목의 먼지 폴폴
날아오른다 번민에 지친 숨결에
휴식을 불어넣는 슬픔

딱딱한 빵을 자르는 접이식 칼과 단조롭고 빈약한 소읍
의 박물관
밤새 달려온 기차에서 내려 공원 벤치에 앉았을 때
솟아오르는 미열, 우리
다시 만나지 못하리
심오함이 없는 고요가 드리워진다

아버지 정수리에 남은 몇 올 머리카락처럼

쿠쿠가 잡곡밥을 완성했다 작정한 듯
예정되었던 듯 잘 저어 주세요 쿠쿠의 목소리가
쿠쿠의 소스라침이 쿠쿠 그
자신 그대로
엄지발가락 위에 떨어졌다

하얗게 질린 네 개의 발가락 아 아 아
아픈지 몰랐지 저녁 구름의 피 이해할 시간이 필요해

모래 알갱이들이 고요해
강변에서 다슬기를 줍다 돌무더기에 앉아 발가락을 펼치면
햇살의 지느러미 발가락들을
이어 주고

허공의 금빛 막
나를 두들겨 팼던 주먹과 발길질도 잊은 채 아버지
정수리에 남은 몇 올 머리카락처럼
힘없고 보드라운

마음, 밥과 결이 같은 것들

다슬기 똥이 먹고 싶은 반딧불이와

결이 같은 마음

어둠의 불덩이가 내려앉은 강변의 돌 구르는 소리가 깊다

속눈썹 연장술

덧대어진
속눈썹을 참을 수 없었지 늙음을 도드라지게 하고 속눈썹
밖에는 아무것도 보이지 않는 얼굴이게 하는 속눈썹을
잘라 주세요 눈을 감았네 엄지와 검지가 가위를 철컥철컥
흔들며 얼굴 가까이 다가왔네
속눈썹이 얼굴의 모든 근육을 흔들며 잘려 나갔네
피로 흠뻑 물든
뱀의 이빨 같은
독을 품은
숱가위가 속눈썹의 숱을 치네
이것은 당신의 재주 당신의 선택
속눈썹은 계피나무 숲의 향기를 생각했는데
뭉툭해졌네 속눈썹
지난밤에 꾼 꿈이 두루뭉술하게 깨어나는 것처럼
참을 수 없었지 해석하고 싶었네 내 속눈썹이라는 것
나 아니면 아무도 모르는 내가 말하지 않으면
누구도 모르는 애간장 끓어오르는
속눈썹 날렵한 속눈썹
거울 앞에 앉아 실눈 뜨고 가만히
눈꺼풀 뒤집어 가며 속눈썹
들여다보네

저, 고독하고 어찌할 줄 모르는

눈 밑의 정맥이 유난히 도드라져 뺨이
부풀어 오른 건 알지 못했다 욕실 벽에
머리를 짓이겨 봐야
피 한 방울 나지 않는
진력이
난

열정에서
벗어난 습기의 구속에서 놓여난
곰팡내

허리를 베어 낸 은행나무들이
아파트 담벼락에 줄지어 서 있는 은행나무들이

수척해진 채로 곁가지를 뻗어 내고 있다

독서의 무익함으로 여름을 보내며
뿌연 창문을 통해 점점 멀어져 가는 시력
눈구멍 깊은 진창을 활기 없고 진득거리며 걷는 구두 밑창

>

바람이 멈춘 길 위에 서 있었다

무정형으로 날고 있는
날파리와 수수밭에 고꾸라져 있는 모형 독수리와
현기증 나는 햇볕이 사그라질 때까지

눈 밑 말간 피부 아래 정맥 속으로 푸르고 붉은 하늘을 뚫
고 새의 행렬이 들어올 때까지

해 설

당신을 찢고 무언가 자랄 거예요

성현아(문학평론가)

첫 번째 시집 『당신의 정거장은 내가 손을 흔드는 세계』
(천년의시작, 2013)에서 '범속한 실생활의 경험'[1]에 천착했던 남
궁선 시인은, 이번 시집에서도 현실에 밀착한 시를 쓴다.
전작이 직접적인 체험을 쌓아 올려 이를 대들보 삼았다면,
이제는 구체적인 경험에서 시작한 시가 되돌아와 그 생활을
뚫어 낸다. 이것은 생을 통찰력 있게 묘사한다는 비유가 아
니다. 남궁선의 시는 물리적으로도, 관념적으로도 삶을 찢
고 나온다. 찢는다는 것은 대상을 가르는 일이다. 시인은
가를 수 없다고 믿어지는 존재를 뚫어 갈라놓는다. 그러므

---

1. 조재룡, 「눌변으로 지어 올린 실實체험의 건축물」, 『당신의 정거장은
   내가 손을 흔드는 세계』 해설, 천년의시작, 2013, 95쪽.

로 독특하게도, 남궁선의 시에서 찢기는 대상은 그 찢김으로 인해 분할 가능한 신체를 얻는다. 그의 시를 통해 '현실'이라는 지극히 추상적이나 한편으로 사실적인 세계는 가를 수 있는 존재가 되는 것이다. 남궁선의 시는 현실에 균열을 만들고, 그 사이로 무언가 자라게 한다. 상상력으로 가공된 미래 세계나 비인간 물질이 압도하는 새로운 생기의 세계가 아니라 낯익음이 지나쳐 오히려 지긋지긋하게 익숙한 세계를 비틀고 찢어 놓자, 낯설지 않은 곳에서 오는 생경함과 공포, 놀라움은 더욱 극대화된다.

감자에 싹이 나서 싹이 나서 싹이 나서

잎이 나지 않는다

흉측하고 혐오스러운
싹이 무서운 기세로 허공의 얇고
하얀 막을

뚫는다 갈라진 얼음장의 틈새로 봄이 들이닥치는 것처럼
두 벌의 수저와 의자가 달그락거리는 사이로 침묵이 스
며드는 것처럼, 아침

햇살이
떨어진다 식탁 위에

두 개의 감자가 서로를 밀어내는 힘으로 유리그릇 안
에 떠 있다

가혹하며 깊고
슬픈 신탁을 받은 뿔의 모습으로 감자의
싹은

　　　　　　　　　—「감자에 싹이 나서」부분

　감자에 싹이 돋는 것은 경이로운 광경은 아니다. 통상적
으로는 그저 감자가 상해 못 먹는 상태에 이르렀다고 인식
될 뿐이다. 게다가 '감자에 싹이 나서 잎이 나서'로 시작하
는, 구전되어 널리 알려진 노랫말을 변주하고 있기에 그 음
가까지 겹쳐, 이는 더더욱 익숙하게 느껴진다. 그런데 시인
은 감자의 싹이 "허공의 얇고/ 하얀 막을// 뚫"었다는 데 집
중하며 이것을 새롭게 보도록 만든다. 싹이 돋아났다는 사
실을 관통력과 결부하자 놀랄 것 없는 일은 낯설어진다. 이
는 허공의 신체를 뚫어 낸 것으로, "얼음장"을 가르며 "봄
이 들이닥치"는, 새로운 계절이 당도하는 모습에 견줄 만큼
특기할 만한 사건이 된다. 감자를 가르고 공기마저 찢어 낸
감자의 싹은 "무서운 기세"를 지닌, "뿔"처럼 날카로운 존
재로 감각된다. 이때 주목되는 것은 무언가를 뚫어 낼 만큼
단단한 "싹"만이 아니다. 그 싹이 찢고 갈라낼 수 있는 "허
공" 또한 눈에 띈다. 허공은 텅 비어 있는, 무언가가 부재한
공간으로 인식되지만, 시인은 이를 얇은 막을 지니고 있는

존재로 형상화한다.

시인에게 '찢음'은 찢는 주체와 찢기는 대상 모두를 새로 이 발견하여 살필 수 있게 하는 매개가 된다. 시인은 없음으로 가득해 보이는, 그래서 잘 인식되지 않았던 공간이나 존재들을 찢길 수 있는 것으로 만들며, 동시에 그러한 것을 뚫고 나아가는, 저항하는 존재에 집중하게 한다. 「마트료시카—백조의 밤」에서도, 그는 "마트료시카"의 웃음이 "입술의 양쪽 끝 아귀의 살을 찢"는 행위라고 서술한다. 웃을 때 입술과 인접한 살 부분이 밀려나는 것을 '찢김'으로 인식하는 것이다. 이러한 묘사는 정적인 인형에게서 움직임과 생명력을 포착하는 것임과 동시에 미소를 이루나 눈에 띄지 않던 살을 전경화한다. 찢음에 관한 사유는 "오데트는 손끝의 힘을 뺀다 백조의 호수 주변의 공기를 찢으며"라는 구절에서도 반복된다. 손동작이 "공기를 찢"는다고 표현하는 것인데, 이는 배경으로 빠르게 환원되어 버리던, 중심 바깥의 세계를 적극적으로 숙고하는 일이기도 하다. 이러한 발상은 "햇살이 안개를 가르"거나, "아이의 비명과/ 울음이 광장의 침묵을 찢어발"(「오래된 오늘」)긴다는 표현에서도 이어진다. 안개가 드리운 곳에 햇살이 비치는 광경이나, 아이의 비명으로 인해, 소리가 부재한 상태로만 인식되던 '침묵'이 깨어지는 장면을 그는 가르고 찢는, 갈리고 찢기는 강력한 힘의 작용으로 이해한다.

시인은 이 독특한 상호작용을 더욱 복잡 미묘한 관계로 옮겨 놓는다.

110

머리카락 한 올 두피를 막 뚫고 올라오는 순간

주목할 만한가?

두피에 짓눌린 머리카락이
드릴의 구조처럼

비틀린 날과 비틀린 각의 운행으로

아주 천천히 뚫고 있는 것이다 딱따구리 숲의 한 그루
나무처럼

—「편두통」부분

　감자의 싹이 허공을 뚫어 내는 일을 포착해 냈던 시인은
"머리카락" 역시 "두피"를 뚫고 올라오는 존재임을 환기한
다. 시인은 이러한 머리카락을 단단한 금속에 구멍을 뚫는
"드릴"과 연결 지어 그 굳센 힘을 부각하고, 나무를 뚫는
"딱따구리"에 빗대어 그것이 지닌 생명력을 감지하게 한다.
감자의 싹이 감자와 허공을 뚫는 일보다, 머리카락이 두피
를 뚫는 순간은 해석하기 좀 더 까다롭다. 머리카락은 머
리와 연결되어 있으며, 살면서 계속 자라나므로 신체의 일
부로 보인다. 그러나 머리카락이 두피를 뚫고 나올 때, 두
피에서 멀어진 머리카락을 잘라 낼 때 어떠한 감각도 느껴
지지 않기에 신체로 잘 체감되지는 않는다. 시인은 "잇몸과

111

이빨의 사이 겹겹이 싸인 어둡고 축축한 구멍"(「마트료시카소멸하는 육체들」)이나 "손톱"(「검은 건강 도인술」) "속눈썹"(「속눈썹 연장술」), 머리카락과 같이 나의 몸을 이루고는 있으나, 정작 대상으로만 감각되는, 신체의 사각지대 같은 부분들을 늘어놓는다. 이에 집중하려는 시인의 시도를 따를 때, 신체와 신체 아닌 것, 내부와 외부, 부재와 들어참 등을 가르는 모호하고 중층적인 경계를 더듬어 보게 된다.

머리카락이 스스로 두피를 뚫고서 세상에 나오는 순간에 주목하면, 그것이 여러 요소와 맞서야 한다는 점을 알 수 있다. 이는 "밀어내는 힘"(「감자에 싹이 나서」)을 연상시킨다. 이런 장면을 이야기해 보자. 당신이 이 시집을 집어 들 때, 책은 손에 잡혔을 테다. 이 해설에 다다랐다면, 당신의 손은 책장을 넘겼을 것이다. 그것은 달리 말하면, 손이 책을 통과하지 못하며, 반대로 책 또한 손을 통과하지 못한다는 의미다. 손은 책을 뚫어 내지 못한다. 그렇다면 책은 손을, 손은 책을 밀어내고 있다. 남궁선의 시는 인지할 수 없었던 순간에도 작용하고 있던 저항을 가시화한다. 그 저항을 눈여겨봄으로써 당연시되던 삶의 흐름을 투쟁의 과정으로 변환해 낸다. 삶을 저항과 투쟁의 현장으로, 살아감을 살아 냄이자 살아남음으로 인식하게 만드는 것이다. 그런데 왜 그런 치환이 필요할까?

폭력에 노출되어 살아감에도 그 폭력은 저항하기 어렵도록 은폐되어 있기 때문이다. 삶에 스며든 폭력에 맞서 자신을 방어해 내는 일은 삼중의 작업을 요한다. 첫째로, 숨은 폭력을 가려내야 하며, 둘째로 폭력이 얽힌 삶을 살아가는 모든 존재가 폭력에 연루되어 있음을 인지해야 하며, 셋째로, 폭력에 대항하면서도 삶은 지속해야 한다. 시인은 우리 삶에 도사리고 있는 폭력들을 내보이기 위해 성인 남자에게 맞는 소녀의 서사를 활용한다. 그것은 실제 경험으로도, 비유로도 읽히며 왜 시집 전반을 '공포증'이 뒤덮고 있는지를 알게 한다.

"아빠에게 죽도록 두들겨 맞으며 자라"(「도제徒弟의 저녁 별」)온 여자의 이야기는 시집에서 반복 등장한다. 주목할 점은 "골프채에 두들겨 맞으며 용서받던 시절"(「이해의 왕들」)이라는 표현에서 볼 수 있듯, 이것이 회상의 형식으로만 등장한다는 점이다. 친부가 폭력을 행사하는 당시를 현재 시제로 그린 부분은 찾아보기 힘들다. 그러한 과거의 상처를 지닌 이가 이후에도 다른 폭력에 제대로 대항하지 못하거나, 자기혐오와 PTSD에 시달리는 광경만이 현재로 그려진다.

  너무 노골적인 것은 싫다지만, 그래서 안 되는 거야 너의 작품은 거칠지가 못해 너 바보야? 대가리가 그렇게 안 돌아가? …(중략)… 그래서 안 되는 거야 네 고통을 들고 그것밖에 가지고 놀지 못해?
                                        —「도제徒弟의 저녁 별」 부분

  순수해, 투명해, 천방지축, 사랑스러워, 얼마나 부끄러워하는지 당혹스러워하는지, 너는 물이 많은 아이 물가에

내어 놓은 아이 물이 흘러넘치는 그곳에 손을 담가 본다 손
가락으로 살살 저어 본다 너는 여전히 소녀 같은, 폭탄 망
할 노처녀 색골 주책바가지 가당키나 한가,

　가당키나 한가!

　　　　　　　　　　　　　　　　—「이해의 왕들」 부분

이는 여성에게 자주 따라붙는, 낯설지 않은 비난들이다.
시인은 "순수"하고 "사랑스러"운 "소녀"와 "폭탄 망할 노처
녀 색골 주책바가지"를 한 문장으로 과감하게 이어, 여성을
성녀로 받들다가도 언제든 창녀로 낙인찍을 준비를 하는 사
회의 이중적 시선을 여실히 보여 준다. 이 시구들은 '나'가
타인에게 듣는 폭언으로도 보이지만, 자신에게 하는 욕설
처럼도 보인다. 따라서 가정 폭력의 경험이 이후 다른 폭력
에도 제대로 대응하기 어렵게 만든다는 의미로도, 부정적
시선을 내면화한 피해자가 '아빠'와 같은 가해자가 부재할
때도 자기 학대를 일삼게 된다는 의미로도 읽힌다. 지금은
맞지 않는다 해도, 맞은 경험은 계속해서 들러붙어 언제든
맞을 수 있다는 공포감과 자기를 지킬 수 없다는 회의감을
심어 주며, '나'를 계속 때린다.

　너는 퍼질러 잠만 잘 자고 있구나 누구 때문에 빚쟁이
들에 쫓기다 겨우 돌아왔는데 푼돈이나 챙겨 도망가야 하
는데 이불 속에 누운 채로 구둣발에 짓이겨질 때, 푸른 눈
의 소녀, 찢어진 잠옷 사이로 젖 몽우리가 삐죽이, 소녀는

유리 겔러처럼 숟가락을 구부릴 수 있다. 그래서 소녀 선
생님께 하는 말 재투성이 말 발가락을 빨아 달라는 말 좌
측 공포증 인형 공포증 광장 공포증 백성 공포증 종이 공
포증 성직자 공포증 집착의 가루약이 풀풀 날리는 먼지를
뾰족하게 한다.

　…(중략)… 소녀 골칫덩어리! 선생님의 서재에 꽂혀 있
는 책들을 도서관에서 찾아 읽는다. 골칫덩어리 수녀원에
나 쑤셔 박아 넣으렴. 당신이 소녀를 얼마나 사랑하는지 얼
마나 선택적으로 사랑하는지 선생님의 일이란 이토록 지겹
고 정연한 것일까.

　…(중략)… 선생님의 취향과 형식과 윤리로 소녀를 사유
하려는 태도, 싫은 건 싫은, 죽도록 싫은, 선생님의 진심
어린 야단!

　　　　　　　　　　　　　　　─「가정방문 교사」 부분

　"소녀"는 "선생님"이 가하는 물리적 폭력과 그루밍 성범
죄에 시달리고 있는 것으로 보인다. 그는 소녀를 "선택적
으로 사랑"한다. 취할 것은 취하지만, "빚쟁이들"에게 쫓
길 때면, 화풀이 대상으로 삼고, "구둣발"로 짓이기기까지
한다. 그러한 폭력은 이 사회에서 "진심 어린 야단" 정도로
번역될 뿐이다. "사랑"으로 포장된 폭력에 오래 노출된 소
녀는 "증오라는 걸 정말로 할/ 줄 아는 여자"(「정말요…… 정말

로 ……)로 성장하기 어렵게 된다. 그런 소녀는 "좌측 공포증 인형 공포증 광장 공포증 백성 공포증 종이 공포증 성직자 공포증"과 같이 일일이 열거하기도 어려울 만큼 많은 공포증을 앓게 된다. 공포감을 유발하는 대상이 특정되지 않고 교묘히 빠져나가 버리기 때문에, 이 공포감은 투영할 대상을 찾지 못하고 여기저기 옮아가며, 나아가 두려워해야 할 대상들이 더 생겨날까 두려운 마음으로까지 확장된다. "공포증에 걸릴까봐 두려워하는 공포증"(창, 문, 의 검은, 커튼을 걷어, 내면, 서, 시)까지 앓게 되자 경계해야 할 공포의 대상은 계속 늘어난다.

이러한 공포증의 증식을 막을 수 없는 이유는 폭력을 유발하는 권력과의 정면 대결이 근본적으로 가능하지 않기 때문이다. 저항 의지만으로는 해결되지 않는다. 이는 머리카락이 내 몸을 먼저 뚫고 나가야 하지만, 그것이 또다시 내 몸이기도 한, 모순적인 양태와도 같다. 따라서 남궁선의 시는 주체가 예속화되는 과정을 그리는 시로도 읽힐 수 있다.

판본을 대조하여 최초의 표기를 규정하려 노력하는 것
처럼
희미해져 버리고 엇갈려 버려서 시인지 철학인지 낙서
인지 소설인지 종교인지 알 수 없어져 버린 그녀의 신념과
우리의 사랑은 어떻게 기억될까 미세하게 전혀 다른 지점
을 향해 걸어가는 순간들 의아하고 새롭고 온전한 아픔
을 느끼려면 시간이 필요하다 높은 계급의 그리스인처럼

게으르고

깊이 있게 아파하렴 다채롭고 까다로운 요구를 그토록
즐긴다니

어쩐지, 매일매일 되풀이해도 조금씩 틀리는 시 제4호의
진단 (0 · 1), (0,1), (0.1), (0:1)
날마다 회의 중인 차이들
0과 1 사이를 간섭하던 변덕스럽고 평판이 나쁜 여자는
시에서 버림받을지 모른다는 두려움으로 온몸을 떨며 온
통 녹색인 공원 가득히 매미 울음소리를 낸다 순탄하고 무
료하게 지내는 사람들을 미약하게 흔드는 계절의 특징 그
녀의 오랜 질병

—「회의의 날들」 부분

여러 사람이 모여 이상의 시를 연구하고 0과 1 사이에 새
겨진 점을 무엇으로 표기할지 회의한다. 이상 전집 중에는
이를 "일본어 시 「진단 0:1」의 오식으로 간주하여 '0:1'로 고
쳐서 표기한"[2] 경우도 있기에, 열띤 토론이 벌어졌을 것으
로 보인다. 그 후보로는 "(0 · 1), (0,1), (0.1), (0:1)"이 있
다. 그런데 시인은 최초의 표기로 규정될 가능성을 지닌 이
다양한 형태의 점들을 "여자"라고 사유한다. "0과 1 사이를
간섭하던 변덕스럽고 평판이 나쁜 여자"는 시에서 버림받을

2. 권영민, 『오감도의 탄생』, 태학사, 2014, 167쪽.

까 두려워 몸을 떤다. 그러나 시에서 버려질 처지에 놓였기에 두려워하는 여자는 그 변덕으로 시를 바꾸고 비틀며 시를 관장하는 열쇠를 쥔 존재가 된다.

하지만, 시를 장악하기도 하는 그녀가 존재하기 위해서는 시에 들러붙어야 하며, 시가 자신을 받아들여 주기를, 시 연구자들이 자신을 옳은 것으로 명명해 주기를 기다려야 한다. 이는 '예속화(subjection)'를 연상시킨다. 주디스 버틀러에 따르면, 예속화란 주체가 되는 과정이면서 권력에 의해 종속되는 과정이다.[3] 주체가 형성된 이후에 권력이 부가되는 것이 아니라, 애초에 주체가 권력에 굴복하며 형성된다는 말이다. 주체는 외부로부터 가해진다고 여겨지는 이 권력과 겨뤄야 하지만, 근본적으로 이 권력에 의존하고 있을 수밖에 없다. 그러므로 종속화에 저항하기 위한 그 어떤 노력도 필연적으로 종속을 전제할 수밖에 없다.[4] 따라서 시 속의 "여자"가 자신이 주체가 될 수 있도록 하는 조건인 시와 그에 대한 연구에 순응하는 것은 저항하려는 의지가 없거나 이를 비판적으로 사유하지 못하기 때문이 아니라, 그에 대한 애착 없이는 자신의 존재를 지속할 수 없기 때문이다. 가정 폭력을 이와 동일 선상에 둘 수는 없지만, 시 속의 소녀-여자가 여성 차별적인 사회에서 이 제도를 완전히 거

---

3. 주디스 버틀러, 강경덕·김세서리아 옮김, 『권력의 정신적 삶』, 그린비, 2019, 12쪽.

4. 위의 책, 28쪽.

부하지 못하고, 이에 일정 부분 순응하려는 태도를 지니는 것은, 그녀가 아둔하기 때문이 아니다. 이는 주체의 의지보다는 권력의 작용 문제에 가깝다.

그러므로 이러한 권력에 저항하는 일은 까다롭다. 그러나 권력에 종속되며 형성되었다 하더라도, 생성된 주체가 그 상태로 고정되는 것은 아니다. 주체가 주체로 있기 위해 주체로서의 자신을 반복할 때, 자신이 종속된 권력을 행사할 때, 이 "되풀이(iterability)"[5] 는 주체이자 권력을 전복적으로 재의미화하는 일이 될 수 있다. 반복을 통해서 미묘한 차이들이 발생하는 것이다. 이상의 가장 유명한 시, 「오감도─시제1호烏瞰圖─詩第一號」에서 "무서워하는아해兒孩"들이 무서움에 장악당하다가도, 무서움을 유발하는 "무서운아해兒孩"[6] 로 전환되기도 하는 것과 같다. 남궁선의 시는 얼핏 보면, 소소한 일상에 대한 이야기로 보인다. 자칫 경험담에 불과한 것으로 여겨질 수 있는 시들은 평범한 일상을 지구력을 갖고 반복적으로 들여다보는 노력을 통해 작은 비틀림과 사소한 비껴 남, 그리고 "미세하게 전혀 다른 지점을 향해 걸어가는 순간들"을 만들어 낸다.

남궁선의 시가 일상을 그린 후 그 일상으로 되돌아가 그것을 찢어 내는 힘은 꾸준한 반복에서 온다. 우리의 범속한 삶이 저항의 반복임을 포착하기 위해 머리카락, 즉 우리를

5. 위의 책, 148쪽.

6. 이상, 『오감도』, 미래사, 1991에서 재인용.

뚫고 우리에게서 돋아난 싹에 집중한 것으로 보인다. 머리카락의 힘은 우리가 생각하는 것보다 훨씬 강력하다. 머리카락은 한 올이 끊어지기 전에 원래 길이의 반 이상 늘어날 수 있고, 표면의 비늘로 인해 마찰에 대한 우수한 저항력을 지닌다.[7] 저항은 살아 냄 속에서 무수한 반복으로만 수행될 수 있다. 그러므로 남궁선의 시는 사소해 보인다. 그 모든 투쟁의 공간은 소소한 삶의 공간이기 때문이다. 삶에 엉긴 폭력과 싸워 내려면, 더 가까이 삶에 들러붙을 수밖에 없다. 남궁선의 시는 정수리에 솟은 몇 올의 머리카락을 끈질기게 살피고 있다. 그 "힘없고 보드라운"(「아버지 정수리에 남은 몇 올 머리카락처럼」) 존재에게서 생활을 뚫어 내는 끈질긴 저항을 발견한다. 남궁선의 시는 삶을 찢고서 나와 우리에게로 뻗어 온다. 갈라진 우리에게서도 무언가 자랄 것이다.

7. 마리-크리스틴 오주·사빈 멜쉬오르-보네, 한용택 옮김, 『머리카락』, 시공사, 2005, 78~79쪽.